Vente du 23 Janvier 1867.

OBJETS D'ART

DE CURIOSITÉ

ET D'AMEUBLEMENT

Exposition publique le Mardi 22 Janvier

Mᵉ CHARLES PILLET,
COMMISSAIRE-PRISEUR

M. CHARLES MANNHEIM,
EXPERT

1867

CATALOGUE

D'UNE JOLIE RÉUNION

D'OBJETS D'ART

DE CURIOSITÉ & D'AMEUBLEMENT

Boîte à mouches en or émaillé du temps de Louis XVI ;
Tabatières et Bonbonnières ; Armes orientales et occidentales ; Faïences anciennes
des fabriques d'Urbino, hispano-arabe, de Nevers et autres ;
Porcelaines de la Chine et du Japon ; Émaux cloisonnés ; Sculptures en marbre et en
ivoire ; Bronzes d'art ; Bronzes d'ameublement du temps de Louis XV
et de Louis XVI ; Lustres ; Brûle-Parfums,
et Vases de la Chine et du Japon ; Beau Coffre en laque du Japon ; Meuble de salon
en bois doré garni d'étoffe de soie verte et fleurs brochées en couleurs ;
Très-grand Meuble flamand ; Escabeaux en bois sculpté ;
Objets variés ; Très-beau et riche Costume tunisien ; Beau Tapis de Smyrne ;
Tapisseries anciennes ; Beau Traîneau du temps de Louis XV.

DONT LA VENTE AURA LIEU

HOTEL DROUOT, SALLE Nº 2

Le Mercredi 23 Janvier 1867

A UNE HEURE ET DEMIE.

Par le ministère de Mᵉ **CHARLES PILLET**, Commissaire-Priseur,
11, rue de Choiseul,

Assisté de **M. CHARLES MANNHEIM**, Expert, 10, rue de la Paix.

Chez lesquels se trouve le Catalogue.

EXPOSITION PUBLIQUE

Le Mardi 22 Janvier 1867, de une heure à cinq heures.

CONDITIONS DE LA VENTE

Elle sera faite au comptant.

Les adjudicataires payeront *cinq pour cent* en sus des enchères.

L'exposition mettant le public à même de se rendre compte de l'état des objets, il ne sera admis aucune réclamation une fois l'adjudication prononcée.

Paris. — Imprimerie de Pillet fils aîné, rue des Grands-Augustins, 5.

DÉSIGNATION DES OBJETS.

Bijoux

1 — Deux petits bustes en jaspe vert; l'un d'eux offre la figure du Dante et l'autre le buste de Cléopâtre. Socles carrés en agate et jaspe de diverses nuances.

2 — Sifflet double en ivoire sculpté, formé d'une tête d'homme casquée reposant sur un socle carré sculpté à trophées et proues de navires.

3 — Boîte ronde en écaille blonde posée d'or.

4 — Boîte carrée en écaille, ornée d'une miniature attribuée à Klingstett.

5 — Oliphant en ivoire sculpté à figures et ornements dans le style du XVIᵉ siècle.

6 — Charmante petite boîte à mouches du temps de Louis XVI
en or émaillé gros bleu et étoiles d'or, et enrichie de cor-
dons finement ciselés en reliefs et émaillés en couleurs.

7 — Souvenir en ivoire garni d'ornements en or ciselé et enrichi de deux miniatures représentant des vases de fleurs.
Époque Louis XVI.

8 — Tabatière en argent repoussé et doré du temps de
Louis XVI.

9 — Deux miniatures dans un cadre en velours.

Armes

10 — Deux pistolets dont la monture en bois noir est garnie
d'ornements en argent ciselé et doré. Les canons sont
enrichis de rinceaux ciselés en relief et rehaussés de parties damasquinées en or. Travail oriental.

11 — Yatagan avec poignée et garniture du fourreau en argent ciselé à ornements et rinceaux filigranés.

12 — Autre petit yatagan dont la poignée en morse est garnie
d'ornements en argent doré enrichis de coraux. Fourreau
en velours rouge garni de même.

13 — Petit sabre japonais garni en fer ciselé, enrichi d'orne-

ments ciselés et accompagné d'un petit couteau à dé-
couper.

14 — Petit poignard courbe à poignée en agate orientale se
terminant par un mascaron tête de satyre finement gravé en
relief. Garniture en argent ciselé. Collection Le Carpentier.

15 — Deux pièces : petit yatagan à poignée et fourreau en
argent, et poignard à fourreau en fer avec poignée en
ivoire.

16 — Couteau de chasse à manche en ivoire finement sculpté
composé de groupes d'animaux ; garde à coquille et garniture du fourreau en argent ciselé à ornements et animaux.
Époque Louis XV. Collection Le Carpentier.

17 — Autre couteau de chasse. à poignée et garniture du
fourreau en fer finement ciselé à rinceaux et découpé à
jour. Époque Louis XIII.

18 — Épée à poignée en fer ciselé, à sujets de bataille en relief et repercée à jour.

19 — Autre épée à lame striée et repercée à jour; poignée à
garde à coquille en fer ciselé à ornements.

20 — Petite épée de cour en fer ciselé et damasquiné d'or à
trophées et attributs. Époque Louis XV.

Faïences

21 — Fabrique d'Urbino. — Coupe ronde à sujet de personnages finement décoré en couleurs. Belle qualité.

22 — Fabrique hispano-arabe. — Plat rond décoré de rinceaux à reflets métalliques rouges et en camaïeu bleu. Il offre à son centre les armoiries du duc de Bourbon.

23 — Même fabrique. — Autre plat rond décoré de même, à armoiries et couronnes.

Les deux plats qui précèdent proviennent de la Communauté de Sainte-Claire à Amiens, illustrée au xve siècle par Élisabeth de Bavière, Marie de Bourbon, fille du roi de Naples et de Sicile, Jeanne de Bourbon et Catherine de la Marche.

24 — Faïence de Nevers —. Pot et sa cuvette émaillés bleu de Perse.

25 — Faïence italienne. — Deux cornets décorés en couleurs à médaillon.

26 — Lot de carreaux en faïence du xve siècle, de décors variés.

Porcelaines

27 — Deux vases à panses phérique surbaissée, gorge évasée et pieds bas, en porcelaine de Chine décorée de rinceaux et d'attributs divers en camaïeu bleu sur fond blanc.

28 — Vase forme bouteille, en porcelaine de Chine émaillée bleu d'eau et à anses têtes chimériques **dorées**.

29 — Deux bols en porcelaine de Chine décorés de figures en camaïeu bleu sur fond imitant les vagues de la mer en rouge de cuivre. Ils offrent à l'intérieur un médaillon de même couleur représentant Confucius et son cerf.

30 — Petit vase, modèle balustre, décoré d'une chimère en relief, émaillé en couleurs sur fond brun.

31 — Petit vase de forme carrée en porcelaine de Chine émaillée blanc uni.

32 — Très-petit vase forme balustre, en porcelaine de Chine, décoré de fleurs et d'ornements en rouge de cuivre sur fond blanc.

33 — Boîte de forme carré long en porcelaine de Chine, renfermant des figures et divers attributs.

34 — Bourdaloue en ancienne porcelaine de Chine décorée de fleurs et d'oiseaux en émaux de la famille verte.

35 — Beau groupe de chimères sur rochers en porcelaine de Chine émaillée violet et flambée. Belle qualité.

Émaux cloisonnés

36 — Deux tableaux en émail cloisonné fond bleu turquoise, portant en relief un grand nombre de caractères en bronze doré.

37 — Deux boîtes de forme contournée, en émail cloisonné à rosaces au pourtour et le dessus à fleurs de couleurs sur sur fond bleu turquoise.

38 — Deux sceptres ou bâtons de commandement en cuivre champlevé à ornements et chauves-souris réservés en or fond d'émail gris perle.

39 — Pot à eau et sa cuvette en émail de Chine.

40 — Petit vase à fleurs en émail de Chine.

Bronzes d'art et d'ameublement

41 — Deux très-grands et beaux chenets en bronze doré à vases et galeries. Époque Louis XVI.

42 — Figure équestre de Pierre le Grand en bronze doré au mat, posée sur rocher en malachite et sur un piédestal en serpentine sanguine. Haut. de la statue, 95 cent.; haut. du socle, 1 mètre 25 cent.

43 — Charmante petite statuette en bronze. Centaure tirant de l'arc. Bronze italien du XVIᵉ siècle. Sur socle en marbre blanc.

44 — Deux beaux candélabres formés de chimères en ancienne porcelaine de Chine, émaillées en couleurs, tenant dans leur gueule trois branches porte-lumières en bronze doré, garnies de fleurs en porcelaine émaillée et reposant sur des socles carrés en ancienne porcelaine de Chine montés en bronze doré. Époque Louis XV.

45 — Pendule Louis XV en bronze doré, formée d'un socle modèle rocaille, et enrichie de figurines en porcelaine de Chine dont les vêtements sont émaillés vert d'eau et dont les chairs sont réservées en biscuit.

46 — Petit vase à couvercle en porcelaine tendre fond vert pomme à guirlandes de laurier en relief dorées, et monté à galerie à jour et sur piédouche en bronze doré. Socle en malachite.

47 — Deux petits vases en porcelaine, fond vert à figures et fleurs en camaïeu bleu. Ils sont montés à anses et socles et garnis de bouquets de lis à cinq lumières en bronze doré.

48 — Deux vases du temps de Louis XVI, forme Médicis, en bronze doré, décorés de figures d'enfants en relief et reposant sur des socles carrés en marbre vert de mer.

49 — Pendule à pilastres plaquée en écaille et garnie de chapiteaux et d'ornements en bronze doré. Époque Louis XIII.

50 — Pendule Louis XIII en bronze doré de forme cylindrique à cadran horizontal et à frise composée d'ornements découpés à jour.

51 — Deux verroux en bronze doré, l'un du temps de Louis XIV, l'autre du temps de Louis XV.

52 — Lustre en bronze de style renaissance, à vingt-quatre lumières, enrichi de figurines.

53 — Galerie de cheminée en bronze doré.

54 — Petit lustre en cuivre poli, modèle flamand.

55 — Deux grands candélabres de style Louis XVI, formés de vases en marbre blanc, montés sur piédouches et anses têtes de béliers en bronze doré, et garnis chacun de cinq branches de lis porte-lumières.

Bronzes de la Chine et du Japon

56 -- Vase en forme de gourde à panse aplatie, en bronze, décoré de rinceaux en relief et enrichi d'incrustations en or et en argent. Il repose sur quatre pieds découpés. Socle en bois sculpté.

57 — Ting ou brûle-parfums à panse surbaissée reposant sur trois pieds à têtes chimériques et à anses en forme d'S surélevées. Son couvercle est formé d'une belle plaque de jade décorée d'un dragon entrelacé dans des branchages et des fleurs, très-finement sculpté et découpé à jour.

58 — Autre ting de forme sphérique reposant sur trois pieds élevés et découpés. Socle et couvercle en bois de fer.

59 — Beau vase en forme de fruit dont les branches tiennent lieu d'anses et de pieds.

60 — Quatre manches de couteaux japonais en bronze à figures en relief et rehaussés de parties dorées.

61 — Petit cornet à gorge évasée et dont la panse est couverte de fleurs gravées. Belle patine rougeâtre.

62 — Jolie jardinière de forme ovale à quatre lobes, décorée au pourtour de dragons en relief se jouant dans les flots

et reposant sur quatre pieds recourbés. Bronze japonais de belle qualité ancienne.

63 — Brûle-parfums chinois en bronze.

64 — Plateau chinois en bronze incrusté d'argent.

Objets variés

65 — Petite colonne en porphyre rouge oriental, avec base et chapiteau en bronze, et surmontée d'une figurine de victoire ailée en bronze doré. Elle repose sur un piédestal en granitoriental, enrichi aux angles de haches de licteurs et de cornes d'abondance en bronze très-finement ciselé.

65 *bis* — Deux statuettes en marbre blanc. Hercule debout et Antinoüs.

66 — Malachite. —Bloc en forme de rocher à arbustes et animaux sculptés en relief. Socle en bois.

67 — Deux petits plateaux carrés à angles arrondis, en laque noir incrusté de figures et d'animaux en nacre de perle.

68 — Deux boutons japonais en ivoire sculpté à figures.

69 — Deux figures d'applique en ivoire sculpté et peint.

70 — Petite pipe à opium et petite tortue à pattes et tête mobiles.

71 — Coupe en corne de rhinocéros sculptée à fleurs et branchages.

72 — Deux stores chinois en papier peint.

73 — Robe de chambre en étoffe de soie fond jaune à dragons de couleurs en soie et or.

74 — Quatre rideaux en étoffe brodée à l'imitation d'étoffe chinoise.

75 — Album renfermant quantité de dessins tirés de la mythologie chinoise très-finement peints à l'encre de Chine et portant un grand nombre d'inscriptions.

76 — Jeu d'échecs et trictrac en laque de Chine ; les pions et les figures sont en ivoire sculpté.

Meubles

77 — Meuble de salon en bois doré, couvert en étoffe de soie fond vert, brochée à fleurs et rehaussée de parties tissées en fin. Il se compose de : huit fauteuils, huit chaises, un canapé et deux coussins.

78 — Beau coffre en laque du Japon, de forme carrée, portant des armoiries en or sur fond noir, et garni d'écoinçons et de ses ferrures en cuivre doré. Il provient de la collection de feu M. le duc de Morny.

79 — Deux causeuses, capitonnées en étoffe de soie verte, brochée à fleurs.

80 — Ecran en bois sculpté et doré, garni en tapisserie.

81 — Guéridon plaqué en bois d'ébène et enrichi d'incrustations d'ivoire, de nacre et d'écaille. Pied à balustre et consoles en bois sculpté.

82-83 — Deux bureaux à dos d'âne en bois satiné. Époque Louis XV,

84 — Console du temps de Louis XVI, en bois sculpté.

85 — Pendule en vernis de Martin, garnie en bronze doré.

86 — Grand meuble flamand à deux portes et deux rangs de tiroirs dans le bas ; de forme monumentale à colonnes, niches et frontons, en bois de placage, enrichi de parties sculptées rapportées. Il porte la date de 1612. Garnitures et serrures en fer découpées à jour.

87 — Douze escabeaux à dossiers en bois sculpté à ornements et découpés à jour.

Tapisseries et Costumes

88 — Très-beau costume tunisien, en drap blanc richement brodé en fin à ornements. Il se compose de quatre vestes qui pourront être vendues séparément.

89 — Deux petites tapisseries au petit point très-curieuses ; l'une représente Marie Stuart entourée des dames de sa cour, l'autre la reine Elisabeth. Travail ancien.

90 — Autre petite tapisserie au petit point, représentant l'enlèvement de Proserpine.

91 — Cinq petites tapisseries représentant divers sujets dans le style de Watteau.

92 — Cinq grandes tapisseries représentant des paysages.

93 — Dessus de pupitre en velours cramoisi avec pentes brodées en or fin.

94 — Costume d'homme Louis XV en soie brodée à fleurs sur fond violet. Il se compose de l'habit, de la veste et de la culotte.

95 — Grand et beau tapis de Smyrne.

96 — Grande et belle tapisserie représentant une fête champêtre dans le style des maîtres flamands.—Long., 5 mèt.; haut., 3 mèt. 30 cent.

97 — On vendra sous ce numéro les objets omis.

www.ingramcontent.com/pod-product-compliance
Lightning Source LLC
LaVergne TN
LVHW011455170726
843501LV00009B/3426